JAN PETER BREMER

STILL LEBEN

Kurzroman

Berlin Verlag

Für Helga, die mit unerschöpflicher Geduld die Entstehung dieses Buches von Beginn an treu begleitet hat.

Mein lieber Freund,
wir sind weit fort. Mein Herz schlägt wieder und ich beuge mich zu dir vor. Wie lange habe ich darauf gewartet! Wir wohnen auf einem Berg und ich blicke seit Stunden aus dem Fenster zu dem Punkt hinab, von dem aus ich das Haus zum ersten Mal erschaute. Welch ein Moment! Dabei ist das Haus bescheiden. Die Wände sind aus Holz und wir haben nur diesen Raum. Aber sieh doch, mein Freund, gerade winkt meine Frau aus dem Garten. Wie hübsch sie hier ist! Hinter mir am Boden die Kinder, und überall, wo ich jetzt hinzeige, blühen Blumen. Ach, mein Freund, wenn man sich so lieb hat wie wir, ist diese Enge der größte Reichtum.

Mein lieber Freund,
die Tage sind so herrlich, dass ich nicht aufhören kann, an dich zu denken. Ob tagsüber im Garten oder abends im Haus, immerzu wünschte ich, du könntest mich hier sehen. Nachts bittet mich meine liebe Frau wieder und wieder, das Licht zu löschen, aber ich kann mich nur schwer dazu entschließen und wenn, dann nur, weil ich weiß, dass auch du deinen Schlaf brauchst.

Mein lieber Freund,
es ist jetzt still im Haus und ich will dir von unseren Kindern schreiben. Mit dem ersten Licht heben sie ihre Köpfchen aus dem Kissen und meine Frau öffnet ihnen die Tür. Den ganzen Morgen dringen von draußen aufgeregt ihre hellen Stimmen zu uns herein und wenn wir nach dem Frühstück in den Garten treten, sucht der Junge sogleich Schutz zwischen unseren Beinen. Aber auch dorthin krabbelt ihm das Mädchen nach. Mittags reibt er sich schon unentwegt die Augen und nichts hält ihn mehr aufrecht. Für den Rest des Tages sitzt er, Kleinigkeiten in seinen Händen wendend, irgendwo in der Wiese herum. Ganz anders seine Schwester. Bis in den Abend hinein ist sie unermüdlich unterwegs und obwohl im Vergleich die Freude an diesem lebhaften Kind überwiegt, ist die Nähe, die ich zu dem Jungen empfinde, größer. Mein lieber Freund, was für eine herrliche Stunde. Meine Frau sitzt am Bett und streicht ihnen über die Köpfe. Der Junge schläft, auch der Blick des Mädchens ist jetzt glasig und trotzdem kann ich nicht aufhören, zwischen ihnen zu balancieren. Das Seil ist hoch gespannt. Es führt durch einen Tag zwischen Liebe und Nähe, doch tut sich weder zu der einen noch der anderen Seite der geringste Abgrund auf.

Mein lieber Freund,
manchmal sehne ich, nur um die Gewissheit zu haben, dass unser Haus auch diese Probe besteht, den Winter herbei. Doch der Sommer will nicht enden. Nachts, wenn alle schlafen, ist mir, als hockte ich gespannt und zum Angriff bereit im hohen Gras, eine Löwenmutter, die fortwährend an ihre Lieben denkt. Arglos zieht eine Herde mächtiger Häuser an mir vorüber. Kleinere springen lebhaft um sie herum, aber obwohl ihre Blicke in meine Richtung fallen, können sie mich nicht erspähen. Mein lieber Freund, es ist, als ob die Wiese sich über mir geschlossen hätte. Alles ist dunkel und nur das leise Schnarchen der Kinder rückt in mein Bewusstsein, dass es mich noch gibt. Lautlos hebe ich den Kopf. Die Herde ist längst davongezogen, doch da ist noch eines. Zu schwach, den anderen zu folgen, bleibt es immer wieder stehen und indem ich jetzt, noch im Sprung, schon die allergrößte Befriedigung verspüre, hole ich heim, was ich längst besitze.

Mein lieber Freund,
einmal in der Woche steigt meine Frau ins Tal hinab, um Besorgungen zu machen. Ich drehe dann meinen Stuhl um und betrachte die Kinder, die Wange an Wange in unserem Bett schlummern. Aber dieses äußerlich ruhige Bild ist trügerisch. Kaum dass meine Frau das Haus verlassen hat, beginne ich, begleitet von einem unguten Gefühl, auf sie zu warten. Nicht, weil die Kinder aufwachen könnten, und nicht, weil ich fürchte, sie würde mit zu vielen oder den falschen Besorgungen zurückkehren, sondern weil schon den ganzen Tag etwas Aufgeregtes um sie herum war, als hätte sie sich mit einem schweren Vorhaben belastet. Mein lieber Freund, natürlich möchte sie unsere Liebe ins Tal hinabtragen, aber versucht sie wirklich, Worte zu finden, um anderen zu erklären, was nur wir uns erklären können? Manchmal suchen mich schlimme Vorstellungen heim. Ich sehe sie dann vor mir in einem Haufen fremder Menschen. Mit verklärtem Blick und ausgestrecktem Arm versucht sie die Landschaft nachzuzeichnen, auf die wir von hier oben blicken, aber niemand folgt ihren Bewegungen, alle starren auf ihre Brüste, begierig darauf lauernd, dass die Knöpfe ihres mürben Kleides sich in ihrem Gebaren von selbst öffnen, und indem ich mir die Hände vor den Mund halte, ducke ich mich bis zum Boden hinab und flüstere: »Liebste, Liebste!«, zische ich und drücke mir die Fäuste gegen die Stirn, »ohne Sinn erzeugst du großen Neid, denn das, was nur wir von hier oben erblicken, glauben die Leute von unten ebenso gut zu sehen.«

Mein lieber Freund,
jeden Morgen trete ich vor die Tür und wandere zu der Stelle, von der aus ich unser Haus zum ersten Mal erblickt habe. Noch immer werden mir die Beine ganz weich, wenn ich dort ankomme, und während ich in die Wiese sinke, lasse ich wieder mit unverminderter Kraft das Glück auf mich wirken, das mich an diesem Tag an dieser Stelle so mächtig berührte und das mich seitdem so vollends in seiner Hand hat, dass ich ihm wohl keine Sekunde mehr entrinnen werde. Zurück an meinem Tisch, sehe ich ständig zu meiner Frau, den Kindern hin. Selbst im Bett kann ich die Augen nicht schließen. Glück, mein Freund, ist hell und in diesem ständigem Licht ist alles, außer Einschlafen, leicht.

Mein lieber Freund,
von allen Ängsten befreit, fürchte ich hier nur um unser Haus. Selbst so schönes Spätsommerwetter wie heute kann mir diese Sorge nicht nehmen. Unruhig sehe ich dem Herbst mit seinem schweren Wind entgegen. Deshalb verlasse ich das Haus schon jetzt sehr ungern und immer mit Bedenken, denn wenn ich ihm Schutz geben kann, dann nur von innen.

Mein lieber Freund,
heute war mir so leicht und fröhlich zumute, dass ich am Mittag, die Kinder schliefen fest, beschloss, meine Frau auf ihrem Weg ins Tal zu begleiten. Unten hatte ein Händler einen Stand mit Tassen und Töpfen aufgebaut. Die meisten Muster waren schön, aber da war eine unter den Tassen, von der ich den Blick nicht mehr lassen konnte. Der Händler erriet meinen Wunsch und gab sie mir in die Hand. Ich zahlte sofort und bat meine Frau, sich ebenfalls etwas auszusuchen. Natürlich wollte sie auch eine Tasse und obwohl ihre Augen die ganze Reihe hinauf von der einen zur anderen gingen, um dann, irgendwo in der Luft, nach endlosem Zögern, wieder bei der ersten anzukommen, erschien mir ihre Wahl beliebig, denn die Tasse, für die sie sich entschied, stellte sich in nichts über die anderen. Erst jetzt, am Abend, packten wir die Tassen aus dem schmutzigen Papier. Aber was soll ich sagen? Meine Hand wollte erst nach der einen, dann nach der anderen greifen. Schließlich entschied ich mich für die, deren Henkel mir zugewandt war. Meine Frau nahm sie mir aus der Hand und gab mir die andere. Noch immer starre ich auf die Tasse. Wie schnell doch, was nur scheinbar bewegt, verblasst.

Mein lieber Freund,
es weht ein eisiger Wind. Meine Frau hat ihren Stuhl dicht an den Ofen gerückt und blickt auf den Tisch, an dem die Kinder sitzen. Lautlos kreisen ihre Gabeln umeinander. Draußen ist es bereits dunkel, das Essen so gut wie bereitet. Aber, mein Freund, war da nicht doch ein winziger Klang? Meine Frau zumindest, als sei er ihr ein Wink gewesen, erhebt sich, gießt das kochende Wasser aus dem Topf ab und tut uns auf. Auch ich werde gleich zu Tisch gehen, noch aber wärmen sich die Kinder die Hände über den heißen Kartoffeln. Mein lieber Freund, mit Erstaunen habe ich festgestellt, welche Kraft dieses Gemüse selbst zu früher Stunde verleiht, eine Kraft, die es dann über den Tag nur noch aufzufrischen gilt, während die gleiche Mahlzeit am Abend dann dämpfend und beruhigend wirkt.

Mein lieber Freund,
habe ich dir eigentlich schon geschrieben, dass meine Frau, um Besorgungen zu machen, einmal in der Woche ins Tal hinabsteigt? Vor die Frage gestellt, ob ihr das nicht zu viel sei, behauptet sie unschuldig, es bereite ihr Gefallen. Das allerdings will ich, auch wenn ich es ihr nicht absprechen kann, nicht verstehen. Allein die Vorstellung, dass sie mit fremden Menschen spricht, macht mir keine Freude. Ehrlich gesagt bin ich nicht nur an dem Tag, an dem sie ins Tal hinabsteigt, sondern auch an dem Tag davor und auch noch an dem Tag danach gereizt. Vielleicht ist das der Grund, warum ich an diesen Abenden, wenn wir noch auf der Schwelle zu unserem Haus sitzen und sie wie immer von der Schönheit der Landschaft schwärmt, das Gefühl habe, ein wenig von ihr abzurücken. Sie aber scheint das gar nicht wahrzunehmen und wenn ich sie dann unterbreche, um ihr zu sagen, dass es etwas ganz Besonderes ist, was wir hier erleben, und dass wir es gerade deshalb für uns behalten müssen, nickt sie so beiläufig, als fehlte es meinen Worten an Sinn.

Mein lieber Freund,
meiner Frau geht es wieder besser. Sie ist im Bett, hat aber etwas gegessen und nur ihr Blick wandert noch verstört umher. Wie will sie auch begreifen, was geschehen ist, da sie die Ursache nicht kennt. So sieht sie nur mich mit unerhörter Geschwindigkeit, die Decke an beiden Händen hoch erhoben, um die Ecke auf sie zustürzen. Natürlich will ich ihr den Vorfall erklären, aber wie soll ich das tun, ohne ihren Schrecken zu steigern. Mein lieber Freund, ich glaube, wir werden beobachtet. Zumindest sind wir nicht allein. Es ist ein Bauer, der hier herumschleicht. Zum Glück folgt ihm eine Kuh, die, wie es hier üblich ist, eine Glocke um den Hals trägt, so dass ich das Nahen der beiden noch rechtzeitig bemerken konnte. Aber woher weiß er, wann meine Frau, frei, wie die Natur sie schuf, hinter dem Haus ihre Gymnastik betreibt? Niemand, auch ich nicht, darf sie dabei sehen. Deshalb, mein Freund, weil ich die Decke, unter der ich sie verstecken wollte, selbst vor den Augen hatte, prallte ich so hart gegen sie. Benommen lag sie da und ich brachte sie sofort ins Haus. Mit aller Sorgfalt kümmere ich mich um sie, doch in Gedanken verschwinde ich immer wieder in die Richtung, aus der ich die Glocke gehört habe. Aber wie, mein Freund, soll ich meinem Verdacht nachgehen? Gerade jetzt muss ich doch hier an Ort und Stelle wachsam sein. Auch wenn es nur eine Ahnung ist, schäme ich mich bereits, dass es stattdessen eine Bereitschaft in mir zu geben scheint, mich der Gefahr auszusetzen, willenlos in der Schönheit der Landschaft verloren zu gehen.

Mein lieber Freund,
ich saß an meinem Tisch und sah in den Himmel, als ich wieder die Glocke hörte. Sofort sprang ich auf und eilte hinaus. Aber ich fand nichts. Plötzlich jedoch stieg ein Verdacht in mir auf, und ich betrachtete unseren Sohn. Er schaute aus einem Gebüsch hervor, in das er jetzt, da er bemerkte, dass ich ihn beobachtete, eilig zurückkroch. Ich trat an das Gebüsch heran, ging auf die Knie und kroch ihm hinterher. Die Hände vor seinen Augen, saß er mitten im Gesträuch vor einer Mulde, in der Spielzeug lag. Ich nahm es an mich. Dann zerrte ich ihn mit der anderen Hand aus dem Gebüsch hervor, warf die Glocke hinter mich und stellte ihn zur Rede. Zuerst tat er verstockt. Schließlich gestand er mir, was ich bereits vermutete, dass er die Dinge von seiner Mutter habe. Bis jetzt aber konnte ich mit meiner Frau noch nicht darüber sprechen. Ohne dass ich ihr deshalb böse war, setzte sie auch nach dem Unfall ihre Gymnastik, sobald sie sich unbeobachtet fühlte, gegen meinen Wunsch fort. Wie bei allem, was man glaubt, heimlich tun zu müssen, übertrieb sie es. Immer war sie leicht verschwitzt und so ist es kein Wunder, dass sie jetzt daniederliegt. Sogar ihr Kopf ist unter der Decke. Abends stehen die Kinder an ihrem Bett und graben nach ihrer Hand. Was aber schlägt sie erst mir aus! Mein lieber Freund, ich brauche doch ihre Stirn für einen schnellen Kuss. Tag und Nacht gehe ich unruhig im Raum hin und her und denke an die vielen glücklichen Momente, die ich so auf ihr Gesicht gelegt

habe. Immer wieder berühren meine Lippen die Wände. Wie andere ein Bild mit einem Nagel, so bringe ich mit diesen Küssen mein Glück jetzt an der Wand an.

Mein lieber Freund,
heute standen die Kinder Hand in Hand vor mir und ihr Blick traf mich mit einer Neugierde, dass ich plötzlich sehr gerührt war, und indem ich auf jedes Köpfchen eine Hand legte, hörte ich meine Frau irgendwo im Hintergrund seufzen. Lieb und still, als sei ihnen schon im Voraus bewusst, dass sie jetzt etwas erfahren würden, blieben die Kinder stehen und aus tausend Gedanken, die mir durch den Kopf schossen, nahm ich den, dass ich hier nicht nur etwas gefunden, sondern auch errichtet hätte, dass viele ihren Heimatort verlassen, aber man sich nur an die erinnert, die ihn in der Ferne in ungeahnter Pracht neu errichten, und da ich die Kinder jetzt, denn ich glaubte, schon zu viel gesagt zu haben, durch das Heben der Hände wieder entließ, sanken sie auf die Knie nieder und in ein Spiel hinein, in dem ich, trotz der Dämmerung, die sowohl Gestalt wie auch Bewegung der Kinder schon etwas undeutlich werden ließ, alles fand, von dem ich gerade gesprochen hatte.

Mein lieber Freund,
heute Nacht träumte ich, dass ich nicht träume, und trotzdem kam etwas aus weiter Ferne mächtig auf mich zu. Ich schlug die Augen auf und spürte erleichtert einen gewöhnlichen Drang. Doch schon auf dem kurzen Weg zum Lokus war mir wieder unwohl. Ängstlich verriegelte ich die Tür hinter mir, entzündete sogar eine Kerze, und während ich bereits ahnte, nicht allein zu sein, fiel schon eine furchtbare Wut über mich her. In alle Richtungen schlug ich nach der Fliege, die jetzt, für einen Moment, über dem Loch aufgetaucht war, setzte ihr dann, wieder zur Besinnung gekommen, unnachgiebig nach, erwischte sie, schon ganz am Ende meiner Kraft, warf sie in das Loch und wartete, dass der Erfolg sich meiner bemächtigte. Geduld, sagte ich mir noch, aber schon im nächsten Moment stürzte ich, den Arm vorgestreckt, der Fliege hinterher, bis meine Hand ins Feuchte kam. Nun war alles vorbei. Die Wände rissen auseinander und ich erbrach mich mit einem Schwung, wie ihn nur die Kindheit kennt.

Mein lieber Freund,
heute Morgen schrak ich zusammen, nur weil ein Kind in meinen Traum hineinsprach, und da ich, wie vom Weg abgekommen, die Augen aufriss, sah ich in das Gesicht meines Sohnes, der vor mir stand und meine Hand ergriff, denn ich hatte ihm einen Ausflug versprochen. Kaum im Bett aufgerichtet, folgte ich ihm schon über die feuchte Wiese in den noch schwachen Tag. Ganz fest hielt er sich an meiner Hand. Erst die langsam aufsteigende Sonne brachte uns etwas Behagen und während er mich nun für alles, was er am Weg bemerkte, interessieren wollte, versuchte ich mich zu erinnern, wie ich einst an der Hand meines Vaters gelaufen war, aber alles, was ich sah, waren nur wir beide, mein Sohn und ich.

Mein lieber Freund,
so erfüllt leben wir hier, dass wir nicht nur alle Festtage, sondern auch die Geburtstage vergessen. Die Kinder wissen gar nicht, was das ist. Umso erstaunter war ich, als meine Frau gestern, die Kinder waren gerade im Bett, ein sorgfältig eingewickeltes Päckchen vor mich auf den Tisch legte. Zuerst sprach ich einfach darüber hinweg. Den ganzen Tag hatte meine Frau mir nicht gratuliert. Auch jetzt tat sie es nicht. Immer lebhafter gestaltete ich das Gespräch, so dass es mir gelang, das Päckchen zweimal wie beiläufig vom Tisch zu fegen. Beide Male bückte sich meine Frau nach einer Weile und legte es wieder vor mich hin. Schließlich nahm ich es in die Hand und riss es wütend auf, doch als ich seinen Inhalt betrachtete, stiegen mir Tränen in die Augen. Es war eine Wäscheleine. Mein lieber Freund, kann man dieses Geschenk wirklich so nennen? Noch immer bin ich stolz, wie klug meine Frau ist. Vielleicht freue ich mich über die Achtung und die Liebe, die sie mir entgegenbringt, mehr als über die Leine selbst. Doch wie soll ich die Freude über das eine von der Freude über das andere unterscheiden? Längst hängt die Leine hinter mir im Raum und obwohl ich dir gar nicht sagen kann, warum, so glaube mir bitte, dass ich seitdem jeden Augenblick noch mehr genieße.

Mein lieber Freund,
gestern Abend habe ich mit meiner Frau gesprochen. Verlangt sie von mir mehr Strenge bei der Erziehung unserer Kinder? Und was habe ich ihr eigentlich geantwortet? Wenn es sich ergibt, dass sie mir etwas erzählt, höre ich ihr immer aufmerksam zu. Was sie sagt, interessiert mich mehr als alles, was ich zu sagen hätte. An unserem Sohn missfällt ihr, dass er sich fast täglich die Freiheit stiehlt, mich aus meiner Ruhe am Tisch zu stören. Als ob ich sein Nahen nicht schon längst bemerkt hätte, klatscht er dicht an meinem Ohr in die Hände und fragt mich, wenn ich mich zu ihm hinwende, nach der Bedeutung eines Wortes, das er sich in dieser Sekunde erst ausgedacht hat. Mein lieber Freund, natürlich mache ich da ein hilfloses Gesicht. Woher soll ich auch wissen, wie schwer meine Frau das nimmt. Es scheint ihr unerträglich zu sein, wenn mein Sohn draußen im Garten wieder und wieder den Ausdruck meines hilflosen Gesichtes nachahmt. Jetzt sitze ich schon seit Stunden da und warte, dass mein Sohn mit einem neuen Wort kommt. Einige Male war er schon recht nah. Mein lieber Freund, was werde ich sagen? Natürlich will ich streng sein, aber so tief ich auch in mich hineinblicke, die dazu notwendige Enge erspähe ich nicht.

Mein lieber Freund,
es ist jetzt kaum ein paar Minuten her, dass mein Sohn an meinem Tisch erschien. Entgegen seinen sonstigen Auftritten hielt er diesmal seine kleine Schwester an der Hand. Noch bevor er in die Hände klatschen konnte, hatte ich mich schon zu ihm umgewandt. Obwohl ich die ganze Nacht am Tisch verbracht hatte, saß ich jetzt trotzdem ganz gerade da und wartete seelenruhig das unsinnige Wort ab. Noch als es ausgesprochen war, wusste ich nicht, was folgen würde. Dann plötzlich sprang ich mit einem Schwung auf, als jagte ich dem Wort nach, als wollte ich es noch in der Luft zerfetzen. Was für ein Wandel! Die Kinder hatten beide den Mund weit aufgerissen. Ganz starr lagen ihre Köpfchen im Nacken, so groß und mächtig stand ich da, aber schon fühlte ich, wie ich ihnen entgegensank, eine Kirche aus Gummi, die jetzt ihre Köpfe berührte und sie mit einem weichen Schubs nach draußen schickte.

Mein lieber Freund,
heute Nacht, als ich mich im Bett zufällig zu meiner Frau hin drehte, nickte sie mir zu, richtete sich auf und sah mich an. Ich legte mich wieder auf die andere Seite, aber weil der Schlaf mir jetzt verwehrt war, erhob ich mich und setzte mich an meinen Tisch. Erst als der Morgen grau aufzog, ging ich ins Bett zurück. Doch wieder spürte ich ihren Blick in meinem Nacken. Auch jetzt betrachtet sie mich vom Herd aus beim Schreiben dieser Zeilen. Sobald ich meinen Kopf zu ihr hin wende, lächelt sie mich wie eine strebsame Schülerin erwartungsvoll an. Aber was will sie? Denkt sie, sie könne, nur indem sie mich beobachtet, von mir lernen, glaubt sie vielleicht, dass ich ohne ihre ständige Aufmerksamkeit einsam bin, oder will sie mich verwirren? Tatsächlich frage ich mich in der letzten Zeit fast täglich, ob sie überhaupt erwachsen ist. Über dem Wasser, das jetzt kocht, wärmen sich unsere Kinder die Hände. Nur wo es ihnen behaglich ist, wollen sie sein und gleich, wenn das Essen fertig ist, sitzen sie schon am Tisch.

Mein lieber Freund,
heute schreibe ich dir in der Hoffnung, dass du meine wahre Stimme hörst. Aber selbst du, wenn du in diesem Augenblick hier hereinblicktest, du würdest von meiner Verzweiflung nichts ahnen. Die Familie wird mich bis zu diesem Moment sogar als äußerst aufgeräumt erlebt haben. An jedem Gespräch beteiligte ich mich immer vorneweg, aber es war nur, um mich abzulenken, denn während ich mich ihnen so zeigte, war all mein Empfinden ausschließlich auf meine Füße gerichtet. Mein lieber Freund, ich spreche von meinen Strümpfen. Es ist ein sehr altes, nahezu nicht mehr vorhandenes Paar Strümpfe, das ich trage, und als ich sie heute, unbedarft, wie man nur am Morgen ist, in aller Frühe überstreifte, dachte ich noch, es wird ihr letzter Tag werden. Aber was war das bis jetzt für ein Tag! Erbittert streiten zwei Stimmen in mir. Die eine sagt, ich solle sie wegwerfen, die andere will es mir verbieten und sagt, sie würden sich im Winter als Nachtstrümpfe unter den kratzigen eignen. Mein lieber Freund, wie hilflos ich wohl aussah, während ich mit den anderen so munter plauderte und lachte, aber keiner von ihnen hat etwas gemerkt, und obwohl wir hier eigentlich so glücklich im gegenseitigen Schutz vor uns hin leben, bin ich trotzdem verlassen und allein.

Mein lieber Freund,
wieder und wieder lese ich, was ich dir schrieb. Die anderen sind längst im Bett. Noch immer trage ich die Strümpfe, aber es geht keine Gewalt mehr von ihnen aus. Im Gegenteil. Seit ich vorhin den Stift schloss, ist mir nach Lächeln zumute. Plötzlich habe ich sogar die Beine übereinander gelegt und auf den Tisch geworfen. Wegen des Rums sahen alle zu mir hin, also machte ich die Augen zu und tat, als würde ich schlafen. In Wahrheit war ich noch nie so weit vom Schlaf entfernt. Mein lieber Freund, du hast mir, indem ich an dich schrieb, Frieden gebracht. Den ganzen Abend saß ich still da und lauschte dem Geplauder der anderen, ganz so, als wollte ich erst erwachen, wenn sie im Bett sind. Das Mädchen kuschelt sich an seine Mutter und auch der Junge liegt nah dabei und dennoch, wie weit sind sie alle voneinander getrennt, während du mir zu jeder Sekunde trotz größter Ferne in die Augen siehst. Gleich morgen will ich den Kindern erklären, was es bedeutet, einen Freund zu besitzen.

Mein lieber Freund,
heute Morgen, da dachte ich wieder an dich und indem ich mich in meinen Stuhl zurücklehnte, erwartete ich, dass mir, wie an all den anderen Tagen auch, an denen ich an dich gedacht hatte, ganz warm werden würde. Aber schon nach wenigen Momenten beugte ich mich wieder vor. Mein lieber Freund, die Hände zitterten mir, doch noch während ich sie übereinander auf den Tisch legte, suchten meine Augen schon die Platte ab und als ich jetzt meinen Arm ausfuhr und nach dem Stift griff, hörte ich mich laut seufzen. Die anderen wandten ihre Köpfe zu mir um und eben, da ich den Stift öffnete, trat unser Sohn neugierig zu meinem Platz vor und sah zu mir herab. Wie groß er geworden ist! Schon wieder deckt meine Frau den Tisch. Aus ihrem Bett heraus sieht unsere Tochter ihr schläfrig dabei zu. Gleich, wenn meine Frau, um uns zu rufen, in die Hände klatscht, zuckt sie zusammen. Ich aber werde mich heute nicht erheben. Mein lieber Freund, es gibt so viel, wovon ich dir schreiben will. Einmal, da hatten wir sogar einen Igel. Er wird jetzt längst tot sein. O wie wohl tut es doch, dir selbst das nicht zu verschweigen.

Mein lieber Freund,

eben trat meine Frau mit ernstem Gesicht vor mich hin und ich fürchtete schon, sie würde mich fragen, warum ich die Nächte so oft am Tisch verbringe, aber gerade als sie zu sprechen ansetzte, öffnete sich die Tür und meine Tochter kam weinend herein, denn sie hatte sich wieder auf ihr Kleid erbrochen. Natürlich, mein Freund, ist es vor allen Dingen die Nähe zu dir, weshalb ich am Tisch sitzen bleibe. Doch würde meine Frau das, selbst wenn ich es ihr erklärte, verstehen? Würde sie nicht trotzdem annehmen, dass mich in Wahrheit stört, dass unser Sohn sich fast jede Nacht aus seinem Bett erhebt, in unseres hinüberwandert und sich an sie schmiegt? Mein lieber Freund, so lang sind seine Beine mittlerweile, dass seine Füße fahl unter der Decke hervorschauen. Ausgeruht springt er morgens auf und kommt mit vielen Fragen an meinen Tisch. Die Geduld aber abzuwarten, bis ich ihm antworte, bringt er nicht auf. Stattdessen schlägt er sich flach gegen die Stirn, dreht sich einmal im Kreis, ruft: »Ach so!« und eilt mit der Geschwindigkeit eines Boten zur Tür hinaus, ein junger Mensch, mein Freund, der irgendwo im Tag verirrt eine Antwort übermitteln will, die er nie bekommen hat.

Mein lieber Freund,
heute bei Tisch schloss ich die Augen, denn ich wollte unseren Sohn nicht mehr sehen. Nicht nur, wie er mit der Gabel die Kartoffeln quetscht, auch wie er während der Mahlzeit immer wieder den Ellbogen aufstützt und den Kopf schief in die flache Hand legt, alles Gesten, die er mir nachempfunden hat. Selbstverständlich, mein Freund, bleibt es nicht aus, dass, wenn man als Familie so eng beieinander lebt wie wir, der eine mal in den Gewohnheiten des anderen fischt, doch was mein Sohn uns heute vorführte, übertraf dies. Fast erschien es mir wie der Versuch seinerseits, mich auf meine Gewohnheiten zu beschränken. Sie, die wie alles Äußerliche nur das Geringste eines Menschen sind, scheinen ihn derart in Bann zu schlagen, dass er glaubt, seine Gestalt darauf aufbauen zu können. Natürlich, mein Freund, wäre es vermessen, aus dieser vorübergehenden Szene auf sein zukünftiges Wesen zu schließen. Andererseits hat mein Sohn ein Alter erreicht, in dem ich alles, was er tut, mit Ernst betrachten muss. Gerade jetzt, mit den Frauen im Garten, fährt er sich, wie auch ich es häufig tue, mit weit auseinander gespreizten Fingern durchs Haar und ich gebe zu, dass die Art, wie er diese Bewegung ausführt, so bewusst und herausfordernd und jeder Gewohnheit widersprechend, mir zumindest für den Moment die Hoffnung raubt, dass er nicht doch jetzt schon alles zeigt, was er einmal sein wird.

Mein lieber Freund,
es ist sehr spät und alle außer meinem Sohn schlafen längst. Zwar liegt auch er im Bett, aber erst seit wenigen Minuten, und seine Augen sind noch geöffnet. So geht es jetzt Nacht für Nacht. Immer bleibt er weit über das Abräumen hinaus am Esstisch sitzen. Die Frauen verabschieden sich, doch er blickt nicht einmal zu ihnen hoch. So wie ich hält er einen Stift gezückt über einem Zettel. Manchmal seufzt er kurz auf und für einen Moment spüre ich seinen Blick in meinem Rücken. Irgendwann legt er den Stift endlich auf den leeren Zettel, erhebt sich und geht zu Bett, doch seine Augen wollen sich nicht schließen. Dann denkt er an dich. Aber was erkennt er in dir? Außer dem Wunsch, selbst einen Freund zu besitzen, nichts. Nie habe ich ihm etwas über dich erzählt. Ein paar Mal bin ich vielleicht leise in ein kurzes Schwärmen geraten, aber sobald er zu mir hinsah, verstummte ich. An der Art, wie mein Sohn atmet, höre ich, dass er noch immer nicht schläft. Wie soll er auch in den Schlaf finden? Wieder und wieder versucht er, sich ein Bild von dir zu machen, aber alles, was er vor sich sieht, bin ich.

Mein lieber Freund,
seit dem Morgen verfolgt meine Frau mich wieder mit ihren Blicken. Als ich mich am Mittag erhob, um mich zu den anderen an den Tisch zu setzen, stand sie plötzlich vor mir. Fast war ich versucht, sie mit der Hand wegzuschieben, denn ich fürchtete, sie würde mich fragen, warum ich in der letzten Zeit so selten das Bett mit ihr teile. Sie aber fragte mich, warum ich beim Essen immer auf dem Platz sitzen möchte, von dem aus es keine Sicht aus dem Fenster gibt. Mein lieber Freund, je länger ich ihr in die Augen schaute, desto mehr tat es mir Leid, dass ich ihr keine Antwort gab. Tatsächlich sitze ich beim Essen mit dem Rücken zum Fenster und sehe auf eine Wand. Wahrscheinlich wäre meiner Frau das nie aufgefallen, wenn ich nicht während des Essens, manchmal fast abwesend, unentwegt auf diese Wand starren würde. Doch was sehe ich eigentlich? Meistens, mein Freund, nichts, dann wieder schimmert etwas durch die Wand hindurch, plötzlich so gleißend, dass ich die Augen schließen und mich an die Tischplatte klammern muss, denn es ist der Tag selbst, der jetzt die Wand zerreißt und heiß und füllig über mich hinwegströmt.

Mein lieber Freund,
heute saß meine Frau wieder den ganzen Tag auf ihrem Bett und sah mit müden Augen auf ihre Hände herab. Gerade wollte ich mich erheben und mich für eine Weile zu ihr setzen, als mit Schwung die Tür aufgerissen wurde und unser Sohn über die Schwelle hinweg lang in unser Haus hinschlug. Natürlich, mein lieber Freund, will er auch mit diesen Stürzen nur unsere Aufmerksamkeit erzwingen. Jeden Morgen bricht er jetzt zu einem Ausflug auf und kehrt meist erst am späten Nachmittag wieder heim. Was er jedoch erlebt, verschweigt er. Abends setzt er sich mit Absicht auf den verkehrten Platz und nimmt den Löffel am falschen Ende in die Hand. Immer will er, dass wir zu ihm hinsehen, und vorhin, mein lieber Freund, während er sich schon für die Nacht bereitete, kam er noch zu mir vor und tippte mir plötzlich auf die Schulter. Zuerst wollte ich den Kopf gar nicht zu ihm hinaufheben, dann aber tat ich es doch. Mein lieber Freund, wie alles, was er zurzeit betrachtet, betrachtete er nun auch mich, mit einem Gesicht so blödsinnig und voller Fragen, als gewahrte er mich in diesem Moment zum ersten Mal.

Mein lieber Freund,
heute gab es vor meinem Fenster ein unschönes Bild. Es ist gar nicht so sehr mein Sohn, der mir Sorgen macht, sondern vielmehr die Bereitschaft der Frauen, ihm zu folgen. Auf Zehenspitzen und fast bis zum Umfallen nach vorn gebeugt, sahen sie, mit schiefen Köpfen angestrengt lauschend, seinem langen Arm hinterher, der mal in die, dann wieder in eine andere Richtung zeigte. Überall dort, erklärte er lautstark gegen den scharfen Wind, sind Städte und Kirchen und läuten Glocken. Natürlich, mein Freund, waren es nur Kuhglocken, die sie hörten, deshalb wunderte mich viel mehr, als ich sie so beieinander stehen sah, woher mein Sohn so plötzlich seine Höhe nimmt. Fast ist er so groß wie seine Mutter, aber auch dieses Geheimnis ist schneller gelüftet als aufgeworfen, denn ich, mein Freund, sein Vater, bin ebenfalls groß. In meiner Mitte schlägt eine Glocke. Nur so gelangt das Glück gleichmäßig bis an die äußersten Ränder meines Körpers.

Mein lieber Freund,
morgens, wenn unser Sohn das Haus verlässt, wende ich meinen Kopf vom Fenster weg, um ihm nicht dabei zusehen zu müssen. Im Verhältnis zu seinem Oberkörper sind seine Beine viel zu lang. Wenn er sein Gewicht verlagert, hebt er das eine, dann das andere Bein in die Höhe, doch ist in dieser Bewegung nichts Flüssiges, vielmehr scheint es, als stockte er bei jedem Schritt, als müsste er erst auf eine Anregung warten, die ihn voranbringt. Nachmittags, wenn er von seinen Ausflügen zurückkehrt, zerrt er seine Mutter zu sich an den Tisch und kann es nicht erwarten, ihr zu berichten, wie und wo er sich die neuen Schrammen an Kopf und Beinen zugefügt hat. Auch jetzt sitzt sie wieder neben ihm. Reglos blickt sie auf seine Wunden und während er gar nicht wieder aufhört zu erzählen, lese ich in ihrem Gesicht, dass der Schmerz, den er sich so leichtfertig beibringt, sie wie ein eigenes Unglück überkommt.

Mein lieber Freund,
was meine Frau vor kurzem noch mit Schwung anging, leistet sie derzeit nur mit Mühe. Schwer sinkt ihr das Nähzeug in den Schoß und mit ihm senkt sich auch ihr Blick und wenn ich nicht ab und zu auf die Tischplatte klopfen würde, bliebe er für den Rest des Tages am Boden. So aber hebt er sich, die Hände besinnen sich für eine Weile wieder ihrer Tätigkeit, doch geschieht dies alles ohne Lust, als sei ihr die Erinnerung an unser Glück verblasst. Wie aber, mein lieber Freund, kann ich ihr eine Hilfe sein, da sie den Grund ihrer Betrübnis nicht einsehen möchte? Mein lieber Freund, richtet unser Sohn überhaupt das Wort an sie, dann nur boshaft. Nie ist er mit dem Essen zufrieden und obwohl meine Frau ihm, mit ihren zarten Fingern, die schönsten Kartoffeln aus dem Topf liest, verlässt er schimpfend das Haus. So war es auch gestern und vielleicht, weil mir die Stille nach seinem Weggang zu sehr wohl tat, vielleicht aber auch, weil ich spürte, dass unsere Tochter am Tisch eingeschlafen war, eigentlich aber, um meiner Frau zu zeigen, wie begehrenswert sie noch ist, erhob ich mich und ich musste auch gar keine Kunst anwenden, dass wir uns zueinander legten, aber ach, mein Freund, wie froh war ich, als ich wieder auf meinem Stuhl saß.

Mein lieber Freund,
immer wenn meine Frau unseren Sohn fragt, ob sie ihm eine gute Mutter ist, erhebt sich unsere Tochter, kauert sich in die Ecke neben der Tür und verbirgt ihr Gesicht in den Händen. Doch wovor hat sie Angst? Das Geschehen ist jedes Mal das gleiche. Unser Sohn antwortet nicht. Stattdessen nimmt er eine Kartoffelschale, zerreißt sie, wirft die beiden Enden auf den Boden und sieht zu seiner Mutter hin, die jetzt aufspringt, den Arm rückwärtig in die Höhe schwingt und so für eine Weile drohend vor ihm steht. Dann aber lässt sie den Arm wieder sinken, setzt sich stumm auf ihren Platz zurück, und obwohl sich an ihrer Haltung nun nichts mehr ändert, dauert es dennoch oft Stunden, bis unsere Tochter ihren Kopf das erste Mal wieder vorsichtig aus den Händen hebt. Verstohlen wirft sie einen Blick zu ihrer Mutter hin, richtet sich dann zaghaft auf und schleicht so leise hinüber in ihr Bett, dass, außer mir, es niemand sonst bemerkt.

Mein lieber Freund,
heute, als meine Frau an meinem Tisch stand, wandte ich mich zu ihr um und fragte sie, ob sie wisse, wohin unser Sohn seit langer Zeit schon so früh am Morgen aufbreche, erhielt aber nur die Antwort, die ich erwartet hatte. Was aber soll das für eine Schule sein, in der man wie auf verkommenen Gehöften im Schlamm watet? Mein lieber Freund, so hart ist der Dreck, den seine Schuhe auf dem Boden hinterlassen, dass meine Frau ihn mit einem Messer abkratzen muss. Nachmittags, wenn er die Tür aufreißt, sehen wir erst erschrocken an ihm hinunter und noch erschrockener zu ihm hinauf. Mit der Hand versucht er sich noch sein zerzaustes Haar zu glätten. Dann fällt er polternd auf seinen Stuhl. Essen, behauptet er, lehnt sich dabei zurück und versucht seinem Blick etwas Heiliges beizumengen, brauche er nicht. Selbst seine Mutter weicht, sobald er seinen Kopf zu ihr hinwendet, entsetzt zurück. Mein lieber Freund, obgleich es niemand von uns aussprechen will, so wissen wir doch alle, dass er so schmutzig ist, weil er sich draußen mit Schmutz in jeder Gestalt umgibt. Nur so lässt sich erklären, weshalb er mit seinem Atem den Gestank von Pansen in unser Haus bringt.

Mein lieber Freund,
heute will ich dir von unserer Tochter schreiben. Oft weiß ich nicht, ob sie schläft oder ob sie wach ist, aber immer ist sie sehr lieb. Meist sitzt sie am Bett ihrer Mutter und hält ihr die Hand. Mein lieber Freund, wir alle, außer unserem Sohn, nehmen wegen ihres schwächlichen Zustandes die allergrößte Rücksicht auf meine Frau. Er aber verlässt sogar nachts das Haus. Staksig watet er die verschneiten Hügel hinab und hinauf und richtet seinen Blick dabei in den Himmel, denn es ist hier Sitte, zu einer bestimmten Stunde im Winter in die Luft zu schießen. Die Kugeln aus den selbst gefertigten Gewehren erreichen nur selten die Baumkronen. Dennoch fallen hin und wieder fremdartige Dinge vom Himmel, um die sich die Bevölkerung dann sammelt. Vor ein paar Nächten kam mein Sohn mit noch wilder zerzaustem Haar wieder zur Tür herein, rief mit donnernder Stimme die anderen zu sich an den Tisch und behauptete, auch so ein Ding gesehen zu haben. Seiner Auskunft nach war es hohl. Bis zum Morgengrauen sprach er auf die Frauen ein und während seine Mutter, auf dem Stuhl zusammengekauert, verschreckt seinen Worten lauschte, um dann noch elender ins Bett zurückzukehren, sank der Kopf seiner Schwester nur deshalb nicht vollends herab, weil er mit der Stirn auf einem Flaschenhals ruhte. Natürlich, mein Freund, täuschte mein Sohn nur vor, zu den Frauen zu sprechen. In Wirklichkeit spähte er, wie immer, wenn er glaubt, etwas Spannendes zu erzählen,

heimlich zu mir hin und hoffte, dass mich seine Schilderung in Erstaunen versetzt. Doch warum sollte sie das? Es ist und war mir seit jeher Gewissheit, dass der Himmel von fremden Mächten durchzogen ist, die, einmal am Boden, unserer Betrachtung nicht standhalten können.

Mein lieber Freund,
heute Morgen rief meine Frau unseren Sohn zu sich ans Bett, zog ihn mit dünnen Armen herab und erteilte ihm den Auftrag, die Besorgungen einzuholen. Aber kaum dass er zur Tür hinaus im dichten Nebel, der seit Tagen unser Haus umgibt, verschwunden war, bereute sie ihre Entscheidung schon furchtbar. Unruhig wälzte sie sich hin und her. Ihr Atem setzte aus und da ich mich erschreckt zu ihr umsah, griff die Sorge nun auch auf mich über. Immer häufiger beugte ich mich zum Fenster vor. Manchmal glaubte ich in dem undurchsichtigen Abend eine Bewegung zu erspähen und griff mir ans Herz, aber je länger ich hinsah, desto weniger wurde mir gewahr und indem ich jetzt meinen Blick wieder auf meine Hände richtete, fragte ich mich, ob ich unseren Sohn in der letzten Zeit nicht doch hin und wieder zu streng beurteilt habe. Fast wollte ich mir schon einen Vorwurf machen, da hörte ich vor dem Haus ein Geräusch. Sofort richtete ich mich auf, lauschte angestrengt und sah mich dann, weil nichts weiter folgte, erneut zu meiner Frau um. Auch sie hatte sich aufgerichtet, war aber bereits wieder im Begriff niederzusinken. Wohlig zog sie die Beine dicht an ihren Körper heran, schloss mit einem zufriedenen Seufzen die Augen und während ich sie jetzt lange betrachtete, begriff ich endlich, dass sie ihre Sorge genießt, dass sie in ihr schwelgt wie eine Königin in unbegrenztem Reichtum.

Mein lieber Freund,
nachdem unser Sohn mitten in der Nacht vom Markt zurückgekehrt war, setzte er sich auf seinen Stuhl, lehnte sich zurück und würdigte seine Mutter keines Blickes, als sie, nur im Nachthemd, ihren Stuhl an seinen rückte und neben ihm Platz nahm. Immer wieder fuhr sie ihren Arm aus, um ihn an der Schulter zu berühren, und immer wieder wich er stumm zur Seite. Dann erhob sie sich plötzlich. »Er ist hungrig«, sprach sie mit sichtbarem Atem in den Raum hinein und trat an den Herd. Aber der Topf war weg und sie fand ihn erst, als sie die Decke des Bettes unserer Tochter aufschlug. Das Mädchen hielt ihn in den Armen und gab ihn nicht her. Im Gegenteil nahm sie ihn nur noch enger an sich. Trotzdem gelang es meiner Frau, ihre Hand in ihn hineinzusenken. Da sie aber nun feststellte, dass er leer war, schlug sie die Decke wieder zu. Gerade hatte sich wieder neben unseren Sohn gesetzt, als der Topf mit einem Scheppern aus dem Bett flog. Erschreckt fuhr unser Sohn in die Höhe und fast ebenso schnell folgte ihm meine Frau hinterher. Mit Druck brachte sie ihn wieder auf seinen Stuhl zurück und obwohl ihre Hand seitdem auf seiner Schulter liegt, werde ich trotzdem nicht müde, ihn zu betrachten, und habe hin und wieder sogar, einer winzigen Blase gleich, die, einmal hochgestiegen, schon wieder verschwunden ist, den Hauch eines Wunsches, dass er zu mir zurücksieht.

Mein lieber Freund,
kein Tag vergeht, an dem unser Sohn nicht auf den Markt geht. Er nimmt den leeren Korb, marschiert los und stellt ihn, spät am Abend, wenn er in der Dunkelheit wieder unser Haus betritt, ebenso leer an seinen Platz zurück. Natürlich, mein lieber Freund, macht er sich dort unten mit seiner kranken Mutter lieb. Es braucht nicht einmal Einbildungskraft, ihn dort stehen zu sehen, mit herunterhängenden Armen und ausdruckslosem Gesicht, ein Mensch so kläglich, dass selbst die traurigsten Bettler bestürzt auf ihn zueilen, um ihre winzige Habe mit ihm zu teilen. Draußen, in einem Gebüsch neben dem Haus, vergräbt er seine wertlosen Schätze. Nachts, wenn er glaubt, dass ich schlafe, schleicht er sich wie ein Hund an mir vorbei hinaus zu seinem Versteck. Mein lieber Freund, merkt er denn gar nicht, dass ich ihm dabei zusehe und ihn manchmal sogar zu mir heranwinke? Oder wagt er es nicht, mit mir zu sprechen? Auch am Tag weicht er meinem Blick aus und nimmt seine Hände nicht aus der Hosentasche. So glaubt er wahrscheinlich, den Dreck an seinen langen Fingern verbergen zu können.

Mein lieber Freund,
wie kommt es, dass mein Herz, ganz gleich, woran ich in der letzten Zeit denke, beständig und ruhig schlägt? Rückt mir die Welt fern? Manchmal sehe ich mich über Tage hinweg nicht mehr nach den anderen um. Dann bin ich in Gedanken bei dir. Doch habe ich dir wirklich alles erzählt? Habe ich dir von dem Igel erzählt, den die Kinder im Gebüsch gefunden hatten? Eines Tages stand er plötzlich in seiner Schachtel auf meinem Tisch und blieb auch dort. Sobald sich die anderen näherten, verkroch er sich. Mich aber sah er durch ein kleines Löchlein immer an. Mein lieber Freund, wäre er mir dankbar gewesen, wenn ich ihm die Freiheit geschenkt hätte? Oder sah er mich deshalb an, weil er in mir die gleiche Ergebenheit erkannte, die auch er fühlte? Mein lieber Freund, hier zu leben, in diesem Haus, an diesem Ort, ist das größte Geschenk, aber auf Geschenke gibt es, wie du weißt, kein Recht. Deshalb erhob ich mich eines Nachts, nahm die Schachtel mit dem Igel unter den Arm, spazierte bis tief ins Tal hinunter und legte sie hinter einem Baum ab. Nachdem ich jedoch ein Stückchen hinaufgestiegen war, kehrte ich zu ihr zurück. Mein lieber Freund, ich wusste nicht mehr, ob ich sie geöffnet hatte. Wie ich aber jetzt unter dem Baum stand, war es mir unmöglich, mich zu ihr hinunterzubeugen. Ich empfand die Gleichgültigkeit, die ein Fremder empfinden würde, wenn er von außen dieses Haus erblickte.

Mein lieber Freund,
ich sitze an meinem Tisch. Hin und wieder schließe ich die Augen und man könnte meinen, ich sei mit wenig beschäftigt. Doch selbst jetzt, wo ich dir eilig diese Zeilen schreibe, höre ich nicht auf, meine Gefühle hin und her zu wenden. Sie sind wie verzaubert und ich genieße jeden Atemzug. Schon heute Morgen, als ich hier, an diesem herrlichen Tisch, die Augen aufschlug, wusste ich, dass etwas Bedeutsames geschehen würde, und als meine Frau dann ihren Oberkörper im Bett aufrichtete, da war es mir Gewissheit. Nur deshalb verfolgte ich die ganze Szene. Erst starrte sie einfach vor sich hin, dann nahmen ihre Augen unseren Sohn in Beschlag, der am Tisch saß, und mit tonloser Stimme sagte sie: »Du sitzt da wie dein Vater.« Mein Sohn blieb ganz ruhig und tat, als hätte er sie nicht gehört. Trotzdem begann er, ganz allmählich seine Haltung zu ändern, und fuhr damit auch noch fort, als sie längst wieder im Bett niedergesunken war. Schließlich war er ganz schief und verrenkt, doch hatte er damit in den Augen meiner Frau noch immer nichts vollbracht, denn während sie sich jetzt erneut aufrichtete, wiederholte sie den Satz. Wieder blieb mein Sohn ganz ruhig. Plötzlich aber erhob er sich mit einem solchen Schwung, dass der Stuhl nach hinten flog, und warf mir beim Hinausgehen einen derart feindseligen Blick zu, dass jeder ungefestigte Mensch sich fluchtartig abgewendet hätte. Mir aber, was soll ich sagen, wurde das Herz ganz weich und nur die Vernunft bremste sanft den

Schritt, mit dem ich ihm mit offenen Armen in den Garten folgen wollte, denn jenseits der Selbstverständlichkeit, dass einen an den Kindern am meisten freut, worin man sich selbst entdeckt, erkannte ich, dass die Kinder, ihrer Natur nach, ihren Eltern immer Hilfe und Stütze sein wollen, und deshalb, mein Freund, kann ich, weil der Hass jetzt in seinen Augen flackert, meinen Sohn endlich so friedlich, so vollständig liebend betrachten, wie es immer mein Ziel war.

Mein lieber Freund,
plötzlich horchte ich mitten in der Nacht auf, denn ich glaubte, Eindringlinge seien im Haus. Leise glitt ich von meinem Stuhl hinunter und war schon fast unter dem Tisch, als eine Kerze aufleuchtete und das Gesicht meiner Frau und meiner Tochter erhellte. Sie standen mitten im Raum und sahen auf ein kleines Stück Kuchen hinab, das meine Tochter auf einem Teller in der Hand hielt. Auch meine Frau hielt etwas unter dem Arm, doch war es mir in meiner unglücklichen Position durch die Lehne meines eigenen Stuhles verdeckt. Erst als sie jetzt zu einem Lied anhoben und an das Bett meines Sohnes vortraten, gelang es mir, auf die Sitzfläche zurückzukehren. Mein Sohn hatte sich aufgerichtet und wurde zuerst von seiner Schwester und gleich darauf von seiner Mutter umarmt. Dann nahm er einen kleinen Bissen von dem Kuchen, legte ihn auf den Teller zurück und betrachtete, während seine Schwester mit dem Teller rückwärtig in der Dunkelheit verschwand, den Gegenstand, den seine Mutter ihm gab. Mein lieber Freund, es war eine Tasche, die er jetzt ganz fest an seine Brust drückte. Seitdem trägt er sie immer mit sich herum, öffnet sie aber nur in der Dunkelheit, als enthielte sie etwas, das das Tageslicht scheut. Tatsächlich entweicht ihr, sobald er sie aufklappt, ein fauliger Geruch. Mein lieber Freund, dreimal darfst du raten, was er da mit sich herumschleppt. Es sind Bücher. Nachts stellt er sich einen Stuhl zwischen die Betten der Frauen. Auf ihre Ellbogen gestützt, den Kopf

in der flachen Hand, blicken sie zu ihm hinauf, aber kaum dass seine eintönige Stimme dem Buch die ersten Worte entnommen hat, sinken ihre Köpfe langsam auf die Kissen zurück. Mein lieber Freund, auch mir will es nicht gelingen, ihm länger zuzuhören, zumal es immer dieselbe Geschichte ist, die er vorträgt: Ein junger Mann beschimpft einen älteren, der vor ihm sitzt und ihn milde betrachtet.

Mein lieber Freund,
meine Frau und mein Sohn haben mir eine neue Jacke vom Markt mitgebracht, die so steif ist, dass ich bei jeder Bewegung ihren Widerstand spüre. Nachts gelingt es mir kaum zu verstehen, was in den Betten hinter mir geflüstert wird. Dafür kann ich neuerdings in der Dunkelheit sehen, der Sinn aber dieser neuen Gabe hat sich mir noch nicht erschlossen. Ich erblicke die anderen und sie mich nicht.

Mein lieber Freund,
letzte Nacht wurde ich von einem Lied geweckt. Ich saß auf meinem Stuhl, lauschte ihm nach und wagte mich nicht zu rühren, weil ich fürchtete, seinen herrlichen Klang zu stören. Erst als ich viel später begriff, dass ich selbst derjenige war, der es sang, öffnete ich die Augen. Die Frauen knieten Hand in Hand zu meinen Füßen und plötzlich, mein lieber Freund, war ich so überwältigt, dass ich für einen Moment in meinem Gesang innehielt. Da ich aber sah, wie die Frauen nun mit einem Ruck, als seien sie aus einem Traum gerissen, die Köpfe zu mir hoben, schloss ich meine Augen wieder, fand auch sofort ins Lied zurück und setzte meinen Gesang sogar noch fort, als die Frauen mit dem ersten Licht wieder in ihre Betten gekrochen waren. Vermutlich würde ich mich noch jetzt, viele Stunden später, ganz der Schönheit dieses Liedes hingeben, wenn sich mein Sohn nicht am Morgen aus dem Bett auf den Esstisch geschwungen hätte und, indem auch er die Augen schloss, zu einem Gesang ansetzte, der unser Haus bis eben in Beschlag nahm. Mein lieber Freund, was war das für ein unschöner und aufreibender Tag! Ich habe ja zum Glück meinen Tisch, meinen Stift und dich. Was aber haben die Frauen? Mit entstelltem Gesicht flohen sie in eine Reglosigkeit, aus der sie sich bis zu dieser Sekunde noch immer nicht wieder befreit haben.

Mein lieber Freund,
der Frühling ist da und jeden Morgen, kurz bevor unsere Tochter erwacht, bekommt ihr Ausdruck etwas so Seliges, dass sowohl meine Frau wie auch ich ganz angetan zu ihr hinsehen. Noch im Schlaf hebt sie ihre Hände unter der Decke hervor, lässt sie eine Weile über sie hinwegkreisen und nun erst öffnen sich ihre Augen. Stumm blickt sie vor sich hin, dann aber umwölkt sich ihr Gesicht plötzlich und indem sie sich aufrichtet, wirft sie die Decke von sich und beginnt, die Falten ihres Lakens umzukehren und abzusuchen. Doch schon tritt meine Frau auf sie zu, fasst sie am Arm und führt sie vor sich her an den Tisch, an dem unser Sohn mit Rechenaufgaben sitzt. Ungeduldig klopft er auf seine Tasche, gibt seiner Schwester den Stift in die Hand und verlässt das Haus. Den ganzen Tag, bis er am Abend heimkehrt, sitzt sie da. Heute aber erhob sie sich um die Mittagszeit, rieb sich die Seite, hinkte zu meiner Frau vor, beschwerte sich, sie bekäme vom vielen Sitzen Muskelkater, und legte sich ins Bett zurück. Sofort war meine Frau bei ihr und zog sie mit solcher Wut heraus, dass beide rückwärtig über die Kante des Tisches strauchelten und auf der Platte übereinander fielen. Dort aber wurde meine Frau von einem anderen Gefühl erfasst, schlang ihre Beine in die des Mädchens hinein, küsste sie heftig und lag dann so lange neben ihr, bis sie unseren Sohn an der Tür hörte. Hastig sprang sie auf, zog das Mädchen unsanft auf ihren Stuhl und glättete sich ihr Kleid. Wie jeden

Abend sitzt unser Sohn im Schein der Kerze mit seiner Schwester am Tisch. Hin und wieder greift er, ohne aus seinem Buch aufzublicken, nach einem Stift, der ihr aus der Hand auf die Aufgabe gesunken ist und legt ihn in die Hand zurück. Mein lieber Freund, würde er nur einmal in ihr Gesicht sehen, würde er bemerken, wie vergeblich sein Bemühen ist, denn ihre Augen sind längst geschlossen.

Mein lieber Freund,
heute wollte ich auf den Markt gehen und wandte mich um, aber mein Hut hing nicht mehr an seinem Haken. Dafür war für mich auf dem Esstisch gedeckt. Ich erhob mich, trat in den Raum, setzte mich vor den Teller und betrachtete meine Frau in ihrem hellen dünnen Kleid, während sie am Herd mit dem Löffel kräftig im Topf rührte. Unversehens ließ sie den Löffel in den Topf hinabgleiten, drehte sich zu den Betten um und klatschte in die Hände. Sogleich schoss der Oberkörper meines Sohnes in die Höhe, dem, etwas versetzt, der seiner Schwester folgte, und da sie nun beide mit aufgerissenen Augen zu mir hinsahen, wurde mir bewusst, dass auch ich vom Tisch aufgesprungen war. Doch schon ereilte mich der nächste Überschwang und mit wenigen Sätzen, die so beherzt waren, dass meine Gelenke knackten, war ich zur Tür hinaus. Erst hinter dem Haus holte ich wieder Luft. Mein lieber Freund, wie lange war ich hier nicht mehr gewesen! Nur einen Moment hielt ich diesem Anblick stand. Dann schloss ich die Augen und tastete mich an der Wand entlang ins Haus zurück auf meinen Platz. Die ganze Zeit spürte ich unter den gesenkten Lidern den Wind, der mir draußen entgegengeweht war, und während mein Staunen über die Weite der Landschaft, die ich erblickt hatte, anhielt, vernahm ich die Schritte meiner Frau und fühlte zart die Wärme des Essens neben meiner Hand. Herrlich duftete es zu mir hinauf, ein Nebel, in dem die Landschaft jetzt allmählich verschwand, der

sie so undurchdringlich überzog, dass ich nun wieder den weißen Teller sah, vor den ich mich vorhin gesetzt hatte, und voller Erwartung, mein Freund, öffnete ich die Augen. Doch was ich erblickte, war nur das Gewöhnliche. Krustig stakte mein Löffel aus dem Kartoffelbrei hervor und ich nahm meinen Napf zwischen die Hände, wandte mich zu den anderen um und ließ ihn vor mich auf den Boden fallen.

Mein lieber Freund,
jeden Morgen tritt meine Frau an die Lehne meines Stuhles heran, rückt mir die Jacke zurecht, nimmt mein Gesicht zwischen die Hände, reibt mir kräftig die Wangen, ordnet, mit wenigen Strichen, schnell mein Haar und gibt mir, bevor sie sich wieder entfernt, einen launigen Schlag auf den Hinterkopf. Auch heute hatte ich in Erwartung dieser Derbheit meinen Kopf bereits in die Schultern gezogen, doch statt des Schlages beugte sie sich so weit zu mir herab, dass ich ihren Atem auf der Kopfhaut spürte und mein Gesicht zu ihrem herumdrehte. Mein lieber Freund, ihre Lippen stachen mir rot entgegen. Aber nicht nur, dass sie geschminkt war, vor ihre Augen hatte sie eine lange grüne Kette gehoben, die sie jetzt, ohne dass sie aufhörte, mir zuzulächeln, an sich hinabfallen ließ. Wie erschrak ich jedoch, als ich dem Verlauf der Kette folgte und begriff, dass sie nackt war. Sofort schloss ich die Augen, doch noch immer sah ich ihren Mund und hoffte, er würde mir etwas sagen, aber er konnte nicht aufhören zu lächeln und in dieser Stille fühlte ich plötzlich, wie sich ihre Lippen auf meine drückten. Mein lieber Freund, jetzt nahm es mir endgültig den Atem. Schon glaubte ich, langsam den Stuhl hinabzurutschen, doch während mir der Tod bereits laut zurief, sammelte sich all meine Kraft in der linken Hand und entlud sich, im letzten Moment, mit ungeheurer Wucht in einem Schlag, der sich an der Kante des Tisches brach. Ich sah mich um. Meine Frau war weg. Erst vorhin kam sie wieder zur

Tür herein. Noch immer trägt sie die Kette um den Hals und eben, als sie, von einem gewissen Abstand aus, meine wunde Hand betrachtete, da sah ich sie schon wieder lächeln.

Mein lieber Freund,
heute Mittag, als ich mich zu den anderen an den gedeckten Tisch setzte, stampfte mein Sohn mit dem Fuß derart auf den Boden, dass ich mich ruckartig mit beiden Händen an die Sitzfläche klammern musste. Dafür fiel seine Schwester vom Stuhl. Mit der Stirn schlug sie noch gegen die Kante des Tisches, bevor sie auf dem Boden landete. Meine Frau hingegen schien auf diese Bewährung nur gewartet zu haben, so flink jagten ihre Hände über die Platte, um alle Kartoffeln wieder einzusammeln. Ein Fremder, wenn er sie gesehen hätte, hätte gedacht, dass sie wie ein Künstler nach dem Moment greift. Die Wahrheit aber ist, mein Freund, dass in den Händen meiner Frau das Herz eines Eichhörnchens schlägt. Manchmal verschwinden sie so schnell, als seien sie nie da gewesen. Oft weiß ich über Tage nicht, wo sie sind. Dann plötzlich tauchen sie wieder auf. Eben zum Beispiel sah ich, wie sie sich kurz durch das Haar unseres Sohnes wühlten. Mit ausgebreiteten Armen steht er vor meinem Fenster und wirft seinen Schatten in mein Gesicht. Ich aber schaue an ihm vorbei zum Horizont und wenn ich meinen Blick von dort zurücklenke, mein lieber Freund, dann sehe ich hell unser Haus.

Mein lieber Freund,
vorhin, als meine Frau schon wieder unter meinem Tisch wischte, gelang es mir, trotz der Furcht, sie könnten sich in ihrer Kette verfangen, kaum, die Füße stillzuhalten, und weil ich daran erkannte, dass auch ich jetzt von der Unruhe erfasst war, die hier seit Wochen herrscht, ließ ich den Plan, heute nach dem Verbleib meines Hutes zu fragen, fallen. Seitdem ist eine große Ruhe in mich eingekehrt. Gleichmütig sehe ich aus dem Fenster. Nur meine Füße wippen auf und ab, doch ist es jetzt Übermut. Immer wollen sie sich zu meiner Frau hinwenden. Jetzt setzt sie den Wischeimer ab, lässt ihr Kleid, das sie seit Jahren trägt, von sich fallen, streift sich ein sauberes über und betrachtet sich, die Hände in den Hüften, indem sie sich erst in die eine, dann in die andere Richtung dreht, mit wiegendem Oberkörper vor dem Spiegel. Vom Ofen aus, den sie seit Tagen blank reibt, blickt unsere Tochter zu ihr hin, aber meine Frau sieht sie nicht. Das Gesicht nah am Spiegel, streicht sie sich die Haut glatt, tritt nun zurück, zieht sich vorsichtig das saubere Kleid über den Kopf, schwingt sich wieder in das herkömmliche, wringt den triefenden Wischlappen über dem Eimer aus und kniet sich auf den Boden. Unser Sohn aber beteiligt sich an keiner dieser Arbeiten. Gleich in der Früh wirft er beide Beine aus dem Bett, tritt zur Tür und sieht auf Zehenspitzen durch den Regen in die Ferne. Den ganzen Tag steht er so da und erst spät in der Nacht, wenn seine Schwester schläft, die Kette längst wieder um

den Bettpfosten hängt und nur meine Frau, für eine Weile noch, erschöpft am leeren Tisch sitzt, kehrt er in den Raum zurück.

Mein lieber Freund,
es regnet seit Wochen. Meine Frau liegt im Bett und auch unser Sohn tritt nicht mehr vor die Tür. Meist sitzt er vor dem gedeckten Tisch und lauscht mit schiefem Kopf den Tropfen nach, die auf das Dach prasseln. Hin und wieder erhebt er sich, formt aus Papier kleine Kügelchen, reiht sie zu den anderen, die schon auf dem Esstisch liegen, und wirft sie hinter einer eingebildeten Linie in Richtung meines Hinterkopfes. »Gut!«, ruft er aus, wenn ein Kügelchen sein Ziel erreicht, doch häufiger entfährt ihm ein tiefes Seufzen und schwer sinkt er wieder auf seinen Stuhl nieder. Nun aber erhebt sich behände seine Schwester. Zuerst sammelt sie alle Kügelchen auf, die hinter mir, irgendwo im Raum, verstreut liegen, bevor sie sich mit vor Eifer erhitztem Gesicht trotz ihres ungelenken Körpers einen Weg zwischen meinen und den Beinen des Stuhles und des Tisches hindurchbahnt. Meist verschwindet sie so schnell, wie sie gekommen ist. Manchmal aber, mitten unter dem Tisch, verharrt sie plötzlich, hebt den Kopf und hört nicht auf, mich anzusehen. Erst wenn ihr Bruder sie zurückruft, wendet sie langsam den Kopf von mir weg und kommt wieder hervor. Mich aber, mein lieber Freund, bringt dieser Blick, nachts, wenn die anderen schlafen, auf geheimnisvolle Art zum Leuchten, ein Stern, den man ewig betrachtet, weil er bis in die Ewigkeit reicht.

Mein lieber Freund,
heute um die Mittagszeit weckte mich, gerade noch rechtzeitig, ein Beben und ich griff mir ans Herz, aber es kam gar nicht von da. Es waren die Herzen der anderen, die so laut klopften. Aus versteckten Winkeln starrten sie voller Angst an mir vorbei in den Himmel, der sich jeden Moment weiter verdunkelte, und aus dieser vollständigen Finsternis, die jetzt einsetzte, brach mit einem Mal ein Sturm hervor, der unser Haus zerreißen wollte. Noch im gleichen Augenblick warf ich meinen Oberkörper vor, stemmte mich mit ausgestreckten Armen gegen die Wand und hielt sie mit unerschöpflicher Kraft. Trotzdem drohte sie über mir einzustürzen und erst als ich uns schon aufgegeben hatte, ließ der Sturm allmählich nach. Bald war nur noch das gewöhnliche Pfeifen des Windes zu hören und ermattet wollte ich an die Lehne des Stuhles zurückkehren, aber selbst dazu fehlte mir die Kraft. Stattdessen sank mir das Kinn auf die Brust und indem ich vor mich hin blickte, sah ich aus den Augenwinkeln, wie die Tür nachgab, und während ich noch glaubte, der Sturm hätte für eine Weile pausiert, um uns jetzt mit voller Wucht in alle Richtungen zu wirbeln, vernahm ich Schritte, denn es war nur ein Mensch, der hereinkam. Trotzdem wollte ich aufspringen, ihn ansehen, ihm sagen, dass wir ihm Schutz gewähren, aber zu erschöpft, um den Kopf zu heben, wollte sich auch meine Zunge nicht bewegen. Im Gegenteil, als es mir endlich gelungen war, den Mund einen Spalt weit zu öffnen, fiel sie

mir heraus und hing bis eben, bis der Mensch unser Haus wieder verließ, kühl zwischen meinen Lippen. Seitdem stehen die anderen auf der Schwelle und obwohl der Mensch längst in der Ferne verschwunden ist, winkt unser Sohn ihm noch nach.

Mein lieber Freund,
plötzlich, als ich erwachte, sah ich, dass hinter mir die Wäscheleine gespannt war. Ein großes Laken, das über sie hingeworfen ist, trennt mich nun von den anderen. Dennoch entgeht mir nichts. Obwohl unser Sohn, sobald er in Sichtweite kommt, sich breit vor meinem Fenster aufbaut, erblicke ich den jungen Mann, der jetzt täglich den Hügel hinauf unserem Haus entgegenschreitet. Erst wenn er in der Tür von den Frauen in Empfang genommen wird, weicht unser Sohn zur Seite. Auch jetzt, da ich dir diese Zeilen schreibe, ist der junge Mann im Haus. Mit lauten Stimmen reden die anderen auf ihn ein, aber seine Aufmerksamkeit gewinnen sie nicht. Stattdessen spüre ich seinen Blick beharrlich in meinem Rücken, denn was sollte es anderes sein als ein Schatz, den sie da so im Verborgenen halten wollen.

Mein lieber Freund,
heute saß ich still an meinem Tisch. Draußen wechselten Sonne und Wolken, ich aber sah nur auf die Platte herab und dachte an dich. Schon wollte ich nach dem Stift greifen, doch noch in der Bewegung erstarrte meine Hand, denn hinter mir hob sich das Laken und der junge Mann trat zu mir vor. Zuerst besah er mich von der Seite. Dann ging er langsam um mich herum, trat dabei ein Stückchen von mir weg, um gleich wieder ganz dicht heranzukommen, und beugte schließlich seinen Kopf tief zu mir herab. Mein lieber Freund, auf seinem Gesicht las ich, während ich es aus den Augenwinkeln betrachtete, die Verzückung heraus, die ihm mein Anblick bereitete, und da sich unsere Augen nun auf dem leeren Blatt trafen, das schon seit Tagen vor mir liegt, da war mir zum ersten Mal, als wäre ich schon immer an diesem Ort gewesen und würde auch für immer hier bleiben, eine Vase aus feinstem Glas, zu der schon ganze Pilgerscharen auf dem Weg sind, denn es blüht eine Blume in ihr, eine Blume, die nie verwelkt, und diese Blume, mein Freund, bist du.

Mein lieber Freund,
heute sprang mir ohne jeden Grund der mittlere Knopf von der Jacke und rollte unter dem Laken hindurch. Wie groß erschien mir aber jetzt der Raum, als ich, nachdem ich leise vom Stuhl geglitten war, das Laken am äußersten Rand ein Stückchen beiseite schob, um auf den Knien zu sehen, wo er gelandet war. Steif, die Tasche in seinem Schoß, saß mein Sohn etwas entfernt vom Tisch auf seinem Stuhl und las mit erhobenem Finger aus einem Buch vor. Dann ließ er das Buch auf die Tasche niedersinken und sah zu dem jungen Mann hin, der sich jetzt am Tisch ein wenig aufrichtete und ihm zunickte. Sogleich hob mein Sohn das Buch wieder an und fuhr, in der vorherigen Haltung, fort zu lesen. Der junge Mann schaute auf seine Hände hinab, dann aber wanderte sein Blick zu meiner Frau hinüber, die barfuß, in ihrem hellen Kleid, an den Herd gelehnt, die Kette durch ihre Finger gleiten ließ und ihm zulächelte. Der junge Mann lächelte zurück und erhob sich. Kurz schwenkte er sein Becken. Dann schritt er in einem Bogen an meiner Frau vorbei hinaus ins Freie und seufzte laut und herrlich auf. Mein lieber Freund, wie wünschte ich, du hättest dieses Seufzen hören können. Ganz so wie ihm, so würde es auch dir bei uns gefallen und während ich jetzt auf meinen Platz zurückschlich, da war mir, als wäre dieser junge Mann schon immer hier gewesen, nur still und unsichtbar, und ich nahm den Stift in die Hand, denn was ich schreiben wollte war: Mein lieber Freund.

Mein lieber Freund,
so schrill schrie meine Frau in dem allgemeinen Lärm auf, dass ich erschreckt hochfuhr, von meinem Stuhl hinabglitt und zu ihnen hinspähte. Der junge Mann hielt meiner Frau seine Zigarette an den Mund. Aus ihren roten Lippen blies sie ihm den Rauch ins Gesicht und breitete die Arme aus. Der junge Mann beugte sich vor und bedeutete unserem Sohn, die Gläser zu füllen. Sogleich erhob sich unser Sohn, schwankte kurz hin und her, wankte um den Tisch herum und goss das Getränk in jedes Glas bis weit über den Rand. Dann legte er, die Flasche noch immer in der Hand, seine langen Arme dem jungen Mann auf die Schulter, bückte sich zu ihm herab und gab ihm einen Kuss auf den Kopf. Ohne sich zu ihm umzusehen, schob der junge Mann ihn nach hinten weg und streckte seinen Kopf zu meiner Frau vor, deren Hand tief in ihrem Ausschnitt steckte. Plötzlich zog sie eine Kirsche hervor, drehte sie zwischen den Fingern und legte sie dem jungen Mann in den schon geöffneten Mund. Der junge Mann schloss die Augen und ließ sich gerade an die Lehne seines Stuhles zurücksinken, als, wie aus heiterem Himmel, meine Tochter ihren Kopf zu mir umwandte und mir in die Augen sah. Mein lieber Freund, noch jetzt, längst wieder auf meinem Platz, wundere ich mich darüber, wie wenig Ähnlichkeit dieses Mädchen mit seiner Mutter hat, denn wenn mir auch das Besondere an der Gestalt meiner Frau nach all den Jahren jetzt nicht mehr immerzu bewusst

ist, so habe ich doch auf dem Gesicht des jungen Mannes gelesen, dass sie einen Reiz besitzt, für den auch ich empfänglich war.

Mein lieber Freund,
mitten in der Nacht kroch jemand unter meinen Tisch und legte seinen Kopf auf meine Füße. Zuerst war ich mir ganz sicher, dass es meine Frau sei, doch dann hörte ich hinter mir ihren Atem, der von Moment zu Moment immer lauter und hektischer wurde. Zugleich vernahm ich unter meinem Tisch ein fast stilles Schluchzen, das auch noch anhielt, als der Atem plötzlich gänzlich verklungen war. Trotzdem fielen mir die Augen zu, aber mein Schlaf war nur ganz leicht. Immer wieder öffnete ich die Augen und sah zu meinen Füßen herab. Mit dem ersten Licht erkannte ich meine Tochter, die, als sie endlich bemerkte, dass ich zu ihr herabsah, seitlich unter dem Tisch hervorkroch und am Rand des Lakens vorbei in den Raum zurückschlüpfte. Seitdem blicke ich auf meine feuchten Strümpfe. Je länger ich sie betrachte, desto klammer wird mir. Mein lieber Freund, es ist eine furchtbare Kälte, die langsam, aber stetig immer höher zu mir hinaufsteigt, und eben, da rief ich sogar nach einer Decke, aber obwohl die Stimmen der anderen ganz deutlich zu mir hindrangen, hörte mich niemand.

Mein lieber Freund,
vorhin, als ich aus dem Fenster schaute, erinnerte ich mich an den Tag, an dem ich unser kleines Haus erblickt hatte, und ich sah, wie ich mit klopfendem Herzen den Hügel hinaufrannte, wie ich die Tür aufriss und zum ersten Mal diesen Raum betrat. Gerade wollte ich es mir noch einmal vorstellen, da kam der junge Mann hinter dem Laken hervor, hockte sich neben meinen Stuhl, gab mir ein Glas in die Hand und schaute zum Fenster hinaus. Zaghaft näherten sich meine Lippen dem Glas, dann aber trank ich es in einem Zug aus. Mein lieber Freund, es war frisches Wasser und es schmeckte herrlich. Sogleich wurde ich übermütig und fasste den jungen Mann am Arm. Mein Herz raste. Wieder sah ich mich unten auf der Wiese stehen und schaute beglückt hinauf. Aber, mein Freund, das Haus war weg. Sofort ließ ich den jungen Mann los. Er trat einen Schritt zurück und sah zu mir herab. Dann griff er nach dem Stift, der vor mir lag, entfernte die Kappe und zog, indem er ihn ganz am Rand der Platte ansetzte, einen langen Strich über meinen ganzen Tisch. Mein lieber Freund, auch wenn ich mir diesen Vorgang wieder und wieder vergegenwärtige, er wird mir nicht deutlicher. Die ganze Zeit, auch während ich dir jetzt schreibe, starre ich auf diesen Strich. Manchmal, mein lieber Freund, wird er breit und reißend, wie ein Fluss. Dann weiß ich, dass gleich wieder eine Träne aus meinem Auge schwer in meinen Schoß hinabfällt.

Mein lieber Freund,
heute riss, als mein Sohn durch das Laken knapp neben meinen Tisch auf den Boden stürzte, die Wäscheleine entzwei. Er lag auf dem Laken und da er sich nicht rührte, lenkte ich meinen Blick nach einer Weile wieder zum Fenster hinaus. Plötzlich jedoch fühlte ich, wie sich seine Hand an meine Hose klammerte. Mein lieber Freund, indem er jetzt laut aufstöhnte, zerrte er mich fast vom Stuhl. Endlich hatte er sich so weit aufgerichtet, dass er jetzt neben mir auf dem Boden saß. Mit dem Oberkörper schwankte er hin und her und versuchte, die Flasche, die er noch immer fest in seiner Hand hielt, an seinen Mund zu führen, doch sobald sie in die Nähe seiner Lippen kam, sackte er in sich zusammen, ruhte für einen Moment, schüttelte dann heftig den Kopf und probierte das Gleiche von Neuem. Tatsächlich war es ihm gerade gelungen, den Flaschenhals mit seinen Lippen zu umschließen, als sich von hinten Schritte näherten. Es war der junge Mann. Er beugte sich hinab, um nach der Flasche zu greifen. Unser Sohn neigte sich vor und begrub die Flasche unter sich. Der junge Mann holte mit der flachen Hand aus und schlug ihm ins Gesicht. Unser Sohn kippte zur Seite und der junge Mann zog ihm die Flasche mühelos aus der Hand. Dann fasste er ihn am Kragen und schleifte ihn hinter sich her zur Tür hinaus. Noch immer, obwohl es bereits dunkelt, kann ich ihn, wenn ich mich ein wenig vorbeuge, vor meinem Fenster in der Wiese sehen. Aber er ist nicht mehr allein, denn kaum dass

der junge Mann im Bett wieder zur Ruhe gekommen war, trat unsere Tochter hinter dem Ofen hervor und ging mit einer Decke und seiner Tasche zu unserem Sohn hinaus. Zuerst hob sie seinen Kopf auf die Tasche, deckte ihn dann zu, schlüpfte an seine Seite und so liegen sie jetzt Stirn an Stirn unter der Decke auf dem harten Boden.

Mein lieber Freund,
oft, wenn der junge Mann am Morgen das Haus verlässt, bleibt meine Frau noch im Bett liegen. Heute aber setzte sie sich gleich zu ihren Kindern an den Tisch und sah auf ihre Zehen herab, die sich munter auf und ab bewegten. »Kaffee«, sagte sie, hob den einen Fuß zu sich auf den Stuhl, zog aus einem kleinen roten Fläschchen einen Pinsel, begann, sich die Nägel anzumalen, und blickte, als sie jetzt den Pinsel wieder ins Fläschchen tauchen musste, erneut zu unserer Tochter. »Kaffee«, wiederholte sie. Unsere Tochter nickte und wollte sich erheben, doch unser Sohn hielt sie am Arm, erhob sich dann selbst, trat von hinten an seine Mutter heran, die wieder über ihren Fuß gebeugt war, und riss ihr mit einem Ruck die Kette vom Hals. Meine Frau schrie auf und während die Perlen noch auf den Boden flossen, sprang sie auf und ging mit erhobenen Fäusten auf ihn los. Mein Sohn wich mit dem Oberkörper zurück. Gleichzeitig schnellten seine Arme vor. Meine Frau fiel zu Boden, schüttelte sich, sprang wieder auf und wollte sich jetzt auf unsere Tochter stürzen, die schon mit den Händen schützend ihr Gesicht verdeckte. Gerade holte meine Frau zum Schlag aus, als sie von unserem Sohn am Arm gepackt und erneut zu Boden geschleudert wurde. Eine Weile lag sie regungslos da und blickte zu unserem Sohn hinauf. Dann kroch sie in einem weiten Bogen um ihn herum auf meinen Stuhl zu, richtete sich an ihm auf und begann, an der Lehne zu rütteln. Mein lieber Freund, obwohl ich mich mit beiden Hän-

den an die Tischplatte klammerte, warf es mich hin und her. Jetzt liegt sie bis über den Kopf unter der Decke vergraben im Bett. Was aber, wenn sie sich Hilfe holt, wenn sie ins Tal hinabeilt und Männer zusammenruft und die Männer dann in Scharen in unser Haus drängen, nur um uns, dich und mich, mein lieber Freund, im gegenseitigen Wettstreit vom Stuhl zu werfen?

Mein lieber Freund,
gerade flog eine Wespe an meinem Fenster vorbei und ich habe sie sofort erkannt. Es ist dieselbe, die meine Tochter in die Lippe gestochen hatte. Sofort waren alle zu dem aufschreienden Kind geeilt, das sich, von diesem Andrang erschreckt, unter den Tisch geflüchtet hatte. Noch heute, fast erwachsen, sitzt sie dort unten. Deshalb, mein lieber Freund, müssen wir zu ihr. Sie ist ein Frühjahrskind und indem wir uns einmal im Jahr bei ihr unter dem Tisch versammeln, begehen wir ihren Geburtstag.

Mein lieber Freund,
seit Tagen läuft der junge Mann von morgens bis abends um unser Haus herum. »Aufmachen!«, brüllt er und schlägt gegen die Tür. Dann wieder schaut er bei mir zum Fenster herein. Wild funkeln seine Augen, doch weiß ich nicht, ob er mich sieht. Kaum dass mein Kopf über die Tischplatte schaut, so tief bin ich in meinen Stuhl geduckt, und erst wenn er mit der einsetzenden Dunkelheit den Hügel hinab zurück ins Tal marschiert, komme ich wieder hervor. Heute aber überraschte er mich in aller Früh. Ich war noch ganz in meinen Träumen verfangen. Erschreckt sah ich zur Tür und wusste gar nicht, wo ich war, als der junge Mann plötzlich vor meinem Fenster erschien und mit der Faust derart auf die Scheibe hieb, dass ich glaubte, das Glas würde mir entgegensplittern. Dann aber spürte ich hinter mir eine Bewegung und ich sah meinen Sohn, der mit dem Oberkörper über meinen Tisch schnellte, das Fenster aufriss und dem jungen Mann eine Tasse gegen den Kopf schlug, die an seiner Stirn zerbrach. Der junge Mann taumelte zurück, sah erstaunt zu uns hin, aber schon rann ihm das Blut bis auf das Hemd hinab und er drehte sich um. Mein lieber Freund, den ganzen Tag war es jetzt still und wenn ich dieser Stille auch nicht vertraue, so werde ich meinen Kopf trotzdem gleich auf meinen Tisch legen, denn nur so will ich diese Nacht verbringen.

Mein lieber Freund,
seit Wochen liegt meine Frau tief unter den Decken in ihrem Bett vergraben und nur wenn ihr wieder einmal elend ist und sie sich über die Matratze hinausbeugt, um in den Eimer zu speien, kann ich ihren Kopf für einen Moment erspähen. Mein lieber Freund, sie ist sehr blass und die Tage sind ruhig. Abends kommt unser Sohn mit einer langen Säge ins Haus zurück, stellt sie leise neben der Tür in die Ecke, setzt sich an den Tisch, streckt seiner Schwester die Füße hin und beginnt, noch während sie ihm die Schuhe aufschnallt, zu essen. Schon aber fallen ihm die Augen zu und auch mir, mein lieber Freund, sinkt der Stift jetzt schwer aus meiner müden Hand.

Mein lieber Freund,
wie lange wohnen wir jetzt schon hier? Ich kann es dir nicht sagen. Kaum dass ich die Augen öffne, liegt der Tag schon hinter mir und unser Sohn kehrt ins Haus zurück. Die Frauen treten an seine Seite und wortlos zieht er ein paar kleine Münzen aus seiner Hosentasche, zählt sie in der flachen Hand ab und stapelt sie auf dem Tisch zu den anderen Häufchen. Dann lässt er sich von seiner Mutter ein Bündel zerknüllter Scheine aus ihrer Schürze reichen, zählt auch die noch einmal nach, macht sich auf einem Zettel winzige Notizen und reicht ihr das Bündel zurück. Schweigend setzt er sich und auch die Frauen nehmen jetzt auf ihren Stühlen Platz. Mein lieber Freund, gerade eben, obwohl doch alle da sind, war es wieder so still, dass ich meinen Tisch leise habe aufstöhnen hören. Seit Wochen glaube ich, dass ihn etwas bedrückt. Zaghaft richte ich meinen Blick jeden Morgen auf seine Beine, aber alles, was mir immer so gedrungen und stark erschien, erscheint mir jetzt zart und schwach. Manchmal wage ich kaum, die Platte zu berühren. Auch jetzt drücke ich den Stift nur ganz sacht auf. Aber was kann ich sonst noch tun? Oft schaue ich länger, als es mir erträglich ist, aus dem Fenster. Selbst mein Blick, mein Freund, soll unserem Tisch keine Last mehr sein.

Mein lieber Freund,
vor ein paar Abenden trat mein Sohn zu mir heran, fasste um die Lehne und die Sitzfläche meines Stuhles, hob mich in die Luft und setzte mich ein Stückchen beiseite wieder auf dem Boden ab. Dann beugte er sich zu meinem Tisch hinunter, zog einen großen Koffer, der schon immer dort steht, hervor, brachte ihn zu den Frauen, ließ sich vor seinem Teller nieder und hatte gerade den Löffel in die Hand genommen, als er jetzt stockte und zu mir hinsah. Sogleich legte er den Löffel wieder neben seinen Teller, kam auf mich zu und setzte mich auf die gleiche Weise zurück an meinen alten Platz. Mein lieber Freund, wenn dieser Ausflug auch nur klein und kurz war, so hatte er mich trotzdem sehr angespannt und ich schlief sofort ein. Mitten in der Nacht jedoch schlug ich die Augen auf und plötzlich schoss mir ins Bewusstsein, was da wenige Stunden zuvor geschehen war. Noch im gleichen Moment konnte ich mich nicht mehr rühren. Angestrengt lauschte ich in die Nacht, aber es war, als sei ich taub, und jetzt bemerkte ich, dass sich auch meine Augen nicht an die Dunkelheit gewöhnen wollten. Dafür war mir, als bliese ein scharfer Wind mir hart ins Gesicht, und beklommen und mit furchtbarer Gewissheit fühlte ich, dass mein Sohn mich in diese finstere Nacht hinausgetragen hatte, dass ich irgendwo mitten in der Landschaft auf der Spitze eines Berges oder in der Tiefe eines Tales saß und das Haus weit weg war. Selbst als das erste Licht durch das Fenster drang, änderte sich

an diesem Glauben nichts und auch jetzt noch ducke ich mich bei dem geringsten Geräusch tief in meinen Stuhl und klammere mich fest an die Tischplatte, denn wenn man einmal für so leicht befunden wurde, mein lieber Freund, dann ist man auch in Zukunft ohne Schutz.

Mein lieber Freund,
plötzlich geht das Licht an. Meine Frau steigt aus dem Bett, setzt sich an den Tisch, belegt dicke Brotscheiben, spricht zum Bett unseres Sohnes hin und packt die Brote in seine Tasche. Laut stöhnt er auf, wälzt sich, bevor er sich aufrichtet, noch einmal hin und her, schlüpft dann in seine Kleider und steht anschließend mit hängenden Armen im Raum. Erst wenn seine Mutter ihm in die eine Hand die Tasche und in die andere die Säge gegeben hat, wendet er sich zur Tür und verlässt das Haus. Jetzt erhebt sich seine Schwester, tritt an den Herd, bereitet warme Milch zu und bringt das Glas vorsichtig, mit winzigen Schritten zu ihrer Mutter. In ihrem Stuhl tief zurückgelehnt, nimmt meine Frau das Glas mit beiden Händen entgegen, trinkt einige Schlucke, setzt das Glas auf dem Tisch ab und zieht ihre Tochter an den Händen zu sich hinab, bis der Kopf des Mädchens an ihrem runden Bauch liegt. So verbringen sie den ganzen Tag. Ich aber blicke aus dem Fenster und erfreue mich an diesem Anblick, als ob ich ihn noch nie genossen hätte, denn ich, mein lieber Freund, bin ein Igel. Nachts, wenn ich in tiefster Finsternis in meiner Schachtel durch die weite Landschaft getragen werde, stupse ich meine kleine Schnauze furchtsam gegen die weichen Wände, doch bisher bin ich, dank meines Glückes, immer auf das Behutsamste an diesem Ort, den ich nie verlassen will, abgesetzt worden.

Mein lieber Freund,
jeden Morgen verlässt unser Sohn, vom Gewicht des Koffers ganz schief, das Haus. Abends, wenn er aus dem Tal zurückkehrt, wirft er den Koffer mit Schwung wieder auf den Tisch. Sofort öffnen die Frauen den Koffer und während unser Sohn, angezogen, wie er ist, auf dem Bett liegt und an die Decke starrt, packen sie ihn erneut. Bereits am Morgen beschäftigen sich die Frauen mit nichts anderem, als zu überlegen, womit sie ihm abends den Koffer füllen werden. Heute zum Beispiel prüfte meine Frau, indem sie die Stücke einzeln über ihren Bauch hinweg gegen das Licht hielt, alle Decken und Handtücher. Mein lieber Freund, es ist, selbst wenn man wie wir halbwegs sparsam mit seinen Mitteln umgeht, unglaublich, was sich in den Jahren ansammelt und doch immer nur nutzlos herumliegt, traurig vor sich hin zerfällt, aber selbst jetzt, da ich dir diese Zeilen schreibe, spüre ich keine Wut, denn etwas Merkwürdiges ist eingetreten, das mir eine ständige Freude bereitet. Mein Hut hängt wieder an seinem Haken. Ungläubig sehe ich immer wieder zu ihm hin und immer häufiger überkommt mich die Lust, ihn mir auf den Kopf zu setzen, vor die Tür zu treten, kräftig zu brüllen, wieder hereinzukommen, am Tisch der anderen Platz zu nehmen und mich von ihren erstaunten Augen betrachten zu lassen, denn manchmal, mein lieber Freund, erfordert es die Situation, dass man im richtigen Moment etwas Unerwartetes tut. So lässt sich ein Bild, das sich ein anderer zu Unrecht von einem gemacht hat, leicht wieder aufbrechen.

Mein lieber Freund,
gestern saßen sie bis spät in die Nacht beisammen und heute Morgen erhoben sie sich gleichzeitig, suchten, jeder für sich, ein paar Dinge zusammen, packten sie in den Koffer, traten vor die Tür, und weil ich mich ein wenig vorbeugte, erspähte ich, wie mein Sohn einen Schlüssel aus seiner Hosentasche zog. Das Schloss rastete in der Tür ein und vor meinem Fenster nahmen mein Sohn und meine Tochter ihre schwere Mutter in die Mitte. Ich aber sah ihnen nur eine Weile nach, dann blickte ich wieder zu meinem Hut hinüber. Mein lieber Freund, warum kommt es mir in den letzten Tagen so oft in den Sinn, mir den Hut aufzusetzen? Wenn ich die Augen schließe, höre ich die Stimmen der anderen, aber sobald ich sie öffne, erstirbt ihr Gespräch, eine Murmel, die, mitten im Rollen, plötzlich stillsteht.

Mein lieber Freund,
ich glaube, ich esse zu wenig. Oft ist mir trotz der Jacke plötzlich kalt. Aber ich will nicht ins Bett. Das Bett ist leer und nur du bist hier. Gemeinsam blicken wir aus dem Fenster, denn wenn wir jetzt Geduld bewahren, mein lieber Freund, vergeht die Zeit so schnell, dass noch in diesem Moment alles wieder herrlich wird.

Mein lieber Freund,
täglich spaziere ich ins Tal hinunter. Wo früher ein hässliches Dorf war, ist jetzt eine schöne Wiese und ich werfe mich ins Gras. Damit mich die Sonne nicht verbrennt, die seit Wochen starr am Himmel steht, baut sich der Tisch über mir auf. So schließe ich die Augen und lasse mich von unserem kleinen Haus überraschen, das mich auf wundersame Weise immer wieder zurück in den nächsten Tag trägt.

Mein lieber Freund,
heute glitt mir der Stift aus der Hand und ich hörte ihr Flehen. Es stieg aus dem Tal zu mir hinauf. Ich aber schloss schnell wieder die Augen. Mein lieber Freund, ich habe sie verlassen und deshalb werden sie für immer verlassen sein.

Mein lieber Freund,
nur wenn ich an dich denke, bin ich hier. Dann nehme ich den Stift in die Hand. Aber ich gebe keine Antwort, denn der Tag ist schön. Weder schaue ich nach vorn noch zurück. Mein lieber Freund, vielleicht bin ich der Mond und stehe über dir am Himmel. Doch selbst wenn du mich entdecktest und mich mit Namen riefest, meine Gedanken würdest du nicht erschrecken, denn ich bin ein Wunsch und du bist mein Freund und der Tag beginnt heute etwas später. Der Tag ist heute die Nacht. Mit meinen Augen, die heller als Sterne sind, blicke ich durch sie hindurch und sehe die Sonne, die wie immer am Himmel steht.

Mein lieber Freund,
ich weiß, dass du auf mich wartest, und eben, da war ich schon so leicht, dass ich mich am Stuhl festhielt, um nicht zur Decke aufzusteigen. Niemals wird mich mein kleines Haus hergeben! Aber was soll ich an der Decke? Sobald es dunkel ist, rücken die Wände rau auf mich zu und schmiegen sich an mich. Den ganzen Morgen, bis in den späten Nachmittag hinein, ziehe ich mir die Holzsplitter wieder heraus, die sich fest in mich eingebohrt haben. Ein Fremder würde erschrecken vor so viel Schmerz, aber ich fühle gar keinen Schmerz und es gibt hier auch keinen Fremden, sondern nur mich und tief in meinem Innern noch meine Frau, meinen Sohn und meine Tochter. Sie sitzen an einem Tisch und lauschen einem Herzen nach, das niemals aufhören wird zu schlagen.

Typografie: Birgit Thiel, Berlin Verlag
Gesetzt aus der DTL Haarlemmer
von Greiner & Reichel, Köln
Druck und Bindung: Ebner & Spiegel, Ulm
Printed in Germany 2006
ISBN 3-8270-0640-6

JAN PETER BREMER

FEUERSALAMANDER *Roman*

Ein Schriftsteller sucht die Abgeschiedenheit eines Bergdorfes, um fern von jeglicher Ablenkung eine tragische Figur für sein neues Werk zu erfinden. Voller Zuversicht begibt er sich in das örtliche Café und beginnt eine Postkarte an *»jemanden, den es nicht gibt, über Sachen, die nie stattgefunden haben«*. Doch mehr wird ihm in den darauf folgenden ereignisreichen 24 Stunden nicht gelingen. Eine Reihe merkwürdiger Gestalten begegnet ihm auf der Suche nach dem gelungenen ersten Satz und verhindert, dass sein Buch Gestalt annimmt.

»Jan Peter Bremer ist der Meister der kleinen Form. Ein kafkaesker Wundermann, der die lesende Welt seit zwölf Jahren mit schmalen Büchern beglückt.«

Süddeutsche Zeitung

BERLIN VERLAG

MATTHIAS GÖRITZ
DER KURZE TRAUM DES JAKOB VOSS *Roman*

Achtziger Jahre, irgendwo im Norden Deutschlands auf dem Lande: Dem Jungen Nicki reißt die Fahrradkette, und er rast die Dorfstraße hinunter auf die viel befahrene Bundesstraße zu. So furios beginnt die Geschichte eines besonderen Tages, des Jubiläumsfestes der Geflügelfarm, die sein Vater Jakob Voss ein Jahr zuvor auf einem alten Hof gegründet hat. Nicki fiebert dem Abend seit langem entgegen.

»Matthias Göritz geht auf Distanz zu den Selbstdarstellungen seiner Generationskollegen. Uwe Johnsons ›Mutmaßungen über Jakob‹ sind ihm erzähltechnisch viel näher als die hedonistische Egozentrik der Pop-Autoren, näher auch als die um Authentizität bemühten Väter-Bücher und Familienromane.«

Michael Braun in der *Neuen Züricher Zeitung*

BERLIN VERLAG

WOLFRAM EILENBERGER
PHILOSOPHIE FÜR ALLE, DIE NOCH ETWAS VORHABEN

Zugegeben, Philosophie macht nicht notwendig glücklich. Eines aber steht fest: Sie macht das Leben wesentlich interessanter. Anhand von 25 ganz alltäglichen Situationen erprobt dieses so kluge wie kurzweilige Buch beispielhaft die lebensverwandelnde Kraft des Philosophierens.

Sie liegen wach im Bett, frühstücken mit der Familie, hören den Anrufbeantworter ab, geben eine Party, suchen einen neuen Job, fühlen sich beobachtet, spielen Fußball, verstehen mal wieder kein Wort, bekommen ein Kind, fahren Zug, warten auf den Weihnachtsmann, schlagen Nägel in die Wand, denken darüber nach, wer Sie eigentlich sind …
Mit anderen Worten: Sie sind am Leben.
Genau davon handelt dieses Buch: Ihrem Leben. Es nimmt an, Philosophieren tue diesem Leben gut.

BERLIN VERLAG